AF409112

* 9 7 8 9 7 7 6 8 6 7 5 9 8 *

دار حروف منثورة للنشر والتوزيع

الطبعة الأولى

الكتاب: ملوك الحياة

المؤلف: إنجي مطاوع

تصنيف الكتاب: قصص

تصميم الغلاف: فريق الدار

تنسيق داخلي: فريق الدار

تدقيق لغوي: محمود سيد أبوضيف

مراجعة لغوية: محمد إمام

رقم الإيداع: 2022 /22439م

الترقيم الدولي:

مؤسس الدار

مروان محمد

مشرف عام السلاسل

صفاء حسين العجماوي

Website: https://horofbooks.com

Fan page: http://facebook.com/horofsbooks

Email: info@horofbooks.com

هاتف جوال: 00201113006296 – هاتف جوال: 00201064054995

كتب حروف منثورة للجيب

سلسلة عابر للخيال

ملوك الحياة

العدد الثاني

إنجي مطاوع

آخر سلاطين الخوارزميين

"سُبحان المُعز المُذل" هذا ما تبادر إلى ذهني وأنا مطارد شريد في بيت كردي بسيط، زالت هيبتي وسطوتي، لم يتبقَّ غير اجترار الذكريات، لهذا وقبل أن أذهب في جولة أخرى من رحلة الهلاك السائر فيها منذ سنوات، ناديت على ابن صاحب الدار وحاولت إقناعه بالذهاب في مهمة خاصة لأجلي، رفض لثأر بيني وبين الأكراد، منحته صرة من الدنانير الذهبية فوافق، سيقنع والده أنه ذاهب للتجارة مع بعض أصدقائه ويبحث عن ابن أختي "محمود" عندما يعثر عليه يخبره عن سقوطي في بئر التخاذل بعد ضياعه، عن غمري في بركة وحل ضياع البلاد؛ عن أنه لولا اختطافه لبقيت أقاوم، لقد كنت أحوز ملك الدنيا ولكنني ضيعته، بل ضيعنا جميعًا والدي...

- والدي هل هذا أنت؟ يبدو أنني بدأت أجن أكثر، كنت في البداية أرى طيفك كل فترة طويلة، الآن أراك دوما جواري، لله درك والدي، لولا موافقتك نائبك قبح الله أثره لكانت البلاد في أمان، مد جنكيز خان يده بالسلام وأوفد التجار بما يُعد ولا يُحصى من الأموال للمتاجرة، لكن عِندك أورثك الكفر.

عقد الطيف حاجبيه في قسوة مجيبًا:

ـ كان عليّ أنا السلطان علاء الدين خوارزم شاه سادس سلاطين دولة الخوارزميين، إصدار مرسوم يبيح قتل تجار التتار وسلب أموال تجارتهم، كما أشار نائبي في مدينه الأترار.

هب "جلال الدين" مقاطعًا:

ـ بل نائب عزرائيل، قامت الحرب بسببه مشورته الغبراء، لم تخمد نارها بعد كل هذه السنوات الطوال، خسرت كل شيء، ليتك خليت بين جنكيز خان ونائبك الأخرق، أججت غضبه، بجوابك أن الأمر تم بعلمك ولا علاقة متبادلة بين الدولتين إلا علاقة السيف، ها هو قد حول أجساد المسلمين من نهر جيحون إلى بلاد الشام إلى قناديل تضيء ليل انتقامه الطويل.

أشعلت الحرب وألقيتني في آتون سعيرها، فقط في الخراب تتذكرني، استمعت إلى والدتك، "تيركين خاتون"، وجردتني من حقي في ولاية العهد ووليت أخي الأصغر "كتب الدين أوزلاغ شاه"، تلك العجوز الشمطاء المتسلطة، الحانقة على الدوام مني لأنني ابن "آيتشي تشيك"، تعايرني بسماري المختلط بالصفرة الهندية الآتية من أمي، متفاخرة بجمال بشرة أخي الأصغر، لأن والدته تركية من نفس قبيلتها.

أدار الطيف ظهره وهو يجيب:

ـ نعم أذكر كانت تقول لك، "جلال اغرب عن وجهي تذكرني بتلك الصفراء أمك ابتعد عن طريقي، هل تقلد النساء بارتداء طرطورًا من شعر الخيل المصبوغ بكل هذه الألوان؟!، صغيري عندما تسمع بوجودي هنا؛ لا ترني وجهك"، كنت تستفزها بهيئتك.

ركن جلال ظهره على الحائط بعدما جلس على الأرض وهو يكمل الحديث مع طيف والده الميت:

ـ مرت الأمور من سيء إلى أسوأ، لتقع في الأسر الجدة "تيركين خاتون" وزوجاتك الأخريات وإخوتي منهن، يومها تساءلت كيف ستفاوض على حياتهن بعدما قطعت كل وسائل الاتصال بيننا وبين التتار؟!، كيف ستنقذهم بعدما حاصرونا على جزيرة نائية في بحر قزوين أيها البطل المغوار؟!

صرخ فيه ليوقفه:

ـ لا تلمني لقد مرت الساعات تنهش في دون هوادة، لم يرحم الوقت ضعف قواتي ولا ضياع هيلماني!، ذبلت عينيي وانزوى جسدي في انتظار خبر يطمئننا على أسرى العائلة، وصلني خبر ذبحهم جميعًا وتشويه جثامينهم، أتدرك كم شعرت بالقهر والانكسار حينها؟، كم شعرت بالذل والأيام تمر وكل ما أحصل عليه هزيمة تلو هزيمة؟، مدن تتساقط كما قطع شطرنج، فقدت صحتي لكنني ظللت

أقاوم، زادت الكوارث لذا جمعتكم وأنا على فراش الموت لأنقذ ما يمكن إنقاذه..

ضحك جلال في سخرية وهو يتذكر الموقف:

ـ قلت لنا، لا يقاطعني أيًا منكم حتى أفرغ من حديثي، أولادي اليوم أعلن وصيتي الأخيرة، "من يستطيع الانتقام لي هو جلال الدين، لهذا أعينه وليًا لعهدي، وعليكم طاعته"، لم أصدق أذني، الآن تذكرتني، لم يعترض إخوتي "آق شاه" و"أوزلاغ" وبعدما أتممنا مراسم الدفن، انطلقنا إلى خوارزم، وهناك جمعت ما يقارب السبعة آلاف فارس من أهلها، لم أكن أعلم أنهم موالين لأخي "أوزلاغ" فتآمروا على قتلي لولا أن أحد القواد أبلغني، هربت إلى مدينه "نسا" في الطريق حاربت فرقة من التتر وهزمتهم، فعاودوا الكرة لكن إلى "خوارزم" ففر أخي، هذا هو إرثي منك.

قاطعه الطيف:

ـ ليتكم تجمعتم على عدوكم وهزمتموه بدل قتل بعضكم البعض.

أسرع جلال يعقب على نصيحته التي أتت في غير وقتها:

ـ حاولت إنقاذ ما يمكنني مثلك، كنت الفارس المغوار، بطل الأبطال أخرج من نصر إلى نصر، هزمت التتار خارج "غزنة" كل شيء يبشر بالخير لكن ما أضعف جيشي هو الطمع، فتنة الغنائم، لقد تكالب قواد الجيش عليها، كلًا

منهم يرغب في نصيب أكبر من الآخر، حينها دبت الفتنة في صفوف الجيش وتفرق عني قسم كبير من الفرسان، وصلت الأخبار إلى "جنكيز خان" واستغلها كما يجب "فالحرب خدعة"، أرسل جيشا كبيرا لا قبل لي بمواجهته في ظل هذه الظروف العصيبة، اضطررت للفرار نحو بلاد الهند، أوقفني عن عبور النهر إلى السند عدم توافر السفن لنقل الجند..

سأله والده بلهفة:

- ماذا حدث؟

أغمض عينيه وهو يجيب:

- مر الليل بكآبته بطيء، يحرق أعصابنا الخوف مما هو آتٍ، وتوقع كل ما هو سيء، كيف أواجه الجيش القادم وجنودي يعانون التعب والجوع ويحتاجون للراحة بعد ما وجهناه من معارك، مع إشراقة شمس يوم جديد حوصر جيشي بين ماء نهر السند ونار الجيوش المنتصرة للسموات السبع كما يدعوها "جنكيز خان"، التزمت الهدوء وحاولت بث الطمأنينة في قلوب الجنود، نظمت الصفوف وحددت لكل قسم ما سيفعله في المعركة التالية، أفهمتهم أنها معركة "حياة أو موت"..

كانت شعيرات جسدي تنتصب كما الأشواك، الدماء لزجة داخل أوردتي، ترقب، خوف، انتظار مرعب، انقضوا على المقدمة كأسد غضنفر يتضور جوعًا، مزقوا جنودي إربا

ليغطوا الأرض بدمائهم ويزرعوها بأشلائهم، فرّ ''أمين مالك'' قائدهم تجاه ''بيشاور'' لاحقوه وقتلوه، تمكنوا من سحق قوات الميسرة، لم يتبقَّ غير القلب بقيادتي، ثلاثة أيام نحارب حتى حاصرنا طوق جيش التتار الساحق، ازداد صهيل الأحصنة ينافسها صوت اصطكاك السيوف بالأجساد لتمزقها، غطى الغبار سماء المعركة.
- انتصرتم؟
سالت الدموع من عينيه وهو ينظر بانكسار نحو والده، ويجيب في ضعف ووهن:
- أيبدو علي أنني قائد منتصر؟، بل انقشع غبار المعركة في النهاية على واقع هزيمتنا المنكرة، اضطررت لنزع الدرع والتراجع بعدما أرخيت عنان الجواد، ضربته بالسوط ليعبر النهر وخلفي الجند ممن استطاع النجاة من المجزرة، صُمّت أذني من ضجيج تلاطم أمواج النهر المختلط بدماء جندي، عبرنا إلى الضفة الأخرى بعد معاناة، وقفت للاطمئنان على جندي وأبحث عن عائلتي، ليصدمني مشهد مروع..
طفلي ذي الثامنة أعوام، يقف على الجهة المقابلة خلفه ''جنكيز خان''، ناداني بهدوء لف عنق الصبي بيده ليخر على الأرض صريع، صرخت جواره أمي وحريمي، ارتموا على الأرض باكيات متوسلات أن يقتلهن ليخلصهن من

الأسر، فأغرقهن أمام عيني، تحجرت دموع عيني وأنا أراه يغرقهن واحدة تلو الأخرى على مهل ليزيد من قهري.
صرخ فيه الطيف:
- يا خسيس، يا لسوء نفسك، لماذا لم تعبر إليهم لتنقذهم أو تموت دونهم، جبان، رعديد.
صرخ فيه بدوره:
- اصمت، من أنت لتوجهني، حتى وإن حاولت عبور النهر لأعود ما كنت سألحق آخرهن، حينها شممت رائحة احتراق قلبي، لأسقط على الأرض راكعا في قهر، حتى ولو حققت النصر وهزمت التتار ودحرتهم لأفنيهم عن بكرة أبيهم ما استطعت إطفاء جزء بسيط من هذه النيران المستعرة داخلي كما حيات ثائرة، تخيلت نظرة التشفي داخل عيون "جنكيز خان" على الجانب المقابل لي من النهر، يصرخ في أولاده..
"هيا دعوه، لقد عادت هيبتنا، هذا ابن أبيه، خرج من خيوط عنكبوت جيشنا إلى شاطئ الأمان، سيكون ممتلئ بالغضب الآن وسيعود للانتقام، حينها سنستقبله خير استقبال ليكون عبرة لكل من يتجرأ على الوقوف في وجهنا".
بصوت خافت أضاف طيف والده:
- هربت؟

طأطأ رأسه مجيبًا:
- نعم، توجهت إلى الهند مع فلول جيشي الأربعة آلاف، حفاة، مقطعي الملابس.
حرك والده رأسه في أسىً قبل أن يُسمِعه رأيه فيما حدث:
- لا يعجبني الأمر ولا تصرفك.
لم يهتم جلال لكلماته وواصل يقص ما فعله:
- ولا أنا خاصة عندما اضطررت لفرض الأتاوات على أهل البلاد، وإلا خربت وجيشي مدنهم ودمرتها عن بكرة أبيها، مرت ثلاث سنوات استطعت فيها جمع جيش كبير من المتطوعين ومن أهل البلاد ومن المواليين لي، وبعض الفارين من المواجهات مع جيش المغول بالإضافة إلى قادة الخوارزميين، كنت أقوم ببعض المناوشات التي أجمع خلالها بعض الغنائم، حتى طالبني حكام السند بمغادرة البلاد، موثرًا للسلامة عدت إلى "خوارزم".
ابتسم بسخرية وشماتة وهو يقاطعه متهكمًا:
- بالطبع طوردت وطردت من كل مكان كنت تمر به بالنظر إلى حالتك هذه؟!
نظر جلال نحوه في صرامة وأجابه في امتعاض:
- لم لا تثق فيَّ؟، استوليت على ملك "كرمان" ثم "أصفهان"، وأعدت ما احتله أخي "غياث الدين" من فارس إلى صاحبها "أتابك سعد"، حاصرت مدينه "تستر" في "خوزستان" لكنني لم أستطع فتحها،

فأرسلت نصف الجيش على البصرة والآخر إلى بعقوبا لأسيطر على عراق العجم وفارس وكرمان وأذربيجان وتبريز وتفليس.

أومأ الطيف برأسه مشجعًا على إكمال السرد، لكن الابن شحب وجهه وهو يتحدث بنبرة هستيرية، والظنون تتخبطه حول كل شيء، شعر جلال بجسده يقشعر وهو يخبر والده عما حدث:

ـ كنت وسط قوم يتمرغون في الرماد، يصرخون بمرارة الظلم ثم يغمسون طعامهم فيه، الخيانة يعلقونها ثريا فوق رؤوسهم، يبكون نحيبا مرًا وهم سبب الخيبة، ما أضعفني كان قيام أبناء طائفة الإسماعيليين بنقل أخبار الجيش إلى التتار، انتقامًا من حصاري قلعتهم "قلعه الموت" ثم قتالهم لاغتيال أحدهم أمير مدينة "كنجة".

اضطرب وجه الأب وهو يتوقع ما حدث برؤية مشوشة ليهمس:

ـ ليتني ما جئتك.

شعر جلال بتشوش رؤيته، حاول جمع شتات نفسه ووجهه يزداد شحوبًا، تحشرج صوته وهو يعود للحديث مع الطيف، فَيْنَةً يراه طيف والده و فَيْنَةً يراه صبيا آخر لا يعلم من هو، أغمض عينيه وعاد يسرد ما مر به:

ـ اسمعني أيا كنت أنت، كانت لدي فرصة، لقد استوليت على أرمينية بعدها بعام، بسطت نفوذي على بلاد متعددة

مما أثار حفيظة جميع الملوك والحكام وخوفهم من استيلائي على ما لديهم، أما سكان المدن فقد زاد سخطهم علي وعلى جيشي بسبب التصرفات الشاذة الصادرة من أفراد الجيش، ربما علي الاعتراف أنهم مجرد أوباش انضموا للمحاربة معي مقابل الحصول على بعض الغنائم، هم خير مثال على الشر والفسق والضلال والعتو في الظلم، يمارسون النهب كما جياع سقطت بين أيديهم كسرة خبز، تفشى بينهم اللواط والغدر وعدم الأمانة، كانوا يقتلون لأجل القتل وسلب ما مع القتيل.

انفض كثير من الأتباع بسبب كل هذه الموبقات داخل جيشي، ومع هذا عندما توجهت لملاقاة جيش التتار بقيادة ابن "جنكيز خان" هزمته ودحرته ليعودوا أدراجهم، فعاد لملاقاتي عند نهر السند جيش بقيادة "جنكيز خان" شخصيًا فناله مني ما نال ولده، يا للبهجة كنت قاب قوسين من حلم العمر والانتقام منه، لكنه كمن لي مما أربك الجيش ليفل الجنود إلى "غزنة" فاضطررت للتوجه إلى "كرمان"، لا أنكر كرم ضيافته ولكنني اضطررت للغدر به والاستيلاء على ملكها.

نظر الشاب بلؤم نحوه يلومه بنظراته، فهمس جلال في تخاذل:

- أين طيف والدي.. أذكرك أنت من سيبحث عن "محمود"، الحرب خدعه، كان علي فعل ذلك لأنجو!

زفر جلال وهو يتعرق من فرط التعب، شعر بأن الحمّى ستمسك بتلابيب جسده، مشط المكان بعينه ثم شخص ببصره إلى السقف، فاض به الكيل واكتفى من هذه الحياة، يقشعر مع كل ذكرى ليشعر بقلبه يحترق هلعا على كل من قتلوا من أحبابه، خسائره فادحة، ألقى بسبة بذيئة بغتة قبل أن يردف:

ـ أتعلم أيها الشاب، كان علي الفرار لأستطيع الاستمرار في تلك الحرب الغير واضحة النهاية، لذا توجهت مع فلول جيشي على ظهر بقر وحمير إلى "شيراز" ومن لم يجد دابة سار وراءنا، توالت بعدها هزائمي حتى وقع "محمود" في الأسر، سمعت أنه قاوم كما أمير خوارزمي.

هتف الشاب:

ـ لِمَ لم تستمر في البحث عنه بنفسك؟

ضحك جلال بقوة وفي صوت يملؤه الجنون:

ـ حالة اليأس أسقطتني في السّكر، طيلة الليل أبكي على أطلال بقيت دون أهلي، هزمني إمبراطور الروم ثم ملك دمشق، واستغل التتار الفرصة واحتلوا مدينة الرّي ثم همذان و"أذربيجان".

لم يكن أمامي مفر سوى الهروب إلى "آمد" لكنهم لاحقوني ودخلوا "إربل" و"دقوقا" وسلبوني كل ما كان يقع تحت يدي من بلاد، طلبت النجدة من بلاد المسلمين لكنهم رفضوا خوفًا من استيلائي على ملكهم، الخيانة

جاءتني راقصة من بين أهل بلادي؛ "الإسماعيليين"، لا يخجلون من فعلهم يبررون موقفهم بأنني البادئ عندما قتلت أهلهم وذويهم لتثبيت سلطاني، وصلت إلى "ميافارقين" وأمرت "أورخان" بمشاغلة التتار حتى أصل إلى جبال كردستان وأطلب المساعدة.
قاطعه الشاب:

ـ أعرف الباقي، عثر عليك والدي مصابًا وأحضرك للدار معرضًا نفسه للخطر.

هجم شخص قصير، ممتلئ الجسد، ذا بنية قوية، ملامحه شرسة، صرخ وهمّ يهجم على جلال:

ـ إذن أنتَ السلطان "جلال الدين"، أنت من قتل والدي وأخي، ستنال ما تستحقه أيها الجبان الحقير.

صرخ الشاب فزعًا:

ـ عم "مسعود" ماذا فعلت، لقد أصابته حربتك في مقتل.

في سعادة وتفاخر أجابه:

ـ ليتها انغرست في قلبه لا نشبت بين أضلعه فقط، الآن أخذت بثأري..

بيدي لا بيد عمرو "1"

ناديت على جاريتي لتحضر كاتب الديوان الملكي ورسول المملكة، هناك عرض مفرح على "جذيمه الأبرش" تلقيه اليوم، فزعت مكررة "جذيمة" ملك الحيرة، قاتل سيدي "عمرو"، كيف ستفرحه مولاتي؟!، اصفرّ لونها أكثر عندما أخبرتها:

ـ سأعرض عليه الزواج ليأتيني بقدميه حتى باب بلاطي، سأجعله يندم على قتل والدي، سأبرد ناري، وأريح جثمان أبي داخل قبره، سأرسله إلى الجحيم، بيدي سأنتقم لروح بطل أبطال تدمر من ذلك الخسيس ملك الحيرة.

حاولت "شيرا" إخباري أن هذا سيزيد الخلافات بين مملكتنا ومملكة الحيرة؟!، واستعجبت هل سيصدق العرض؟، أجبتها، هم من بدأوا الحرب، والخدعة ستنطلي عليه لأنه يتمنى حكم المملكتين معًا، سأعرض عليه مساعدتي في إدارة شئون المملكة والتوحد بالزواج، أدرك أبعاد الموقف وسأجعله يندم.

وافق، الأحمق طمعه سيقتله، عروس سأزف إلى الشرف والعزة، سأقتص لوالدي الملك وأرفع رأسي عاليا، سأسقي أرض بلاطي العطشى بدمائه..

---

1 الزباء بنت عمر بن الأظرب ملكة تدمر في القرن الثالث الميلادي.

ناديتها:

- يا جارية، ألبسيني ملابس الحرب فاليوم سيشهد معركة عظيمة، عطريني وانثري الورود على طول طريقي إلى قاعة الملك، أحضري سيف والدي، سأطفئ لهيب الثأر المتقدة داخل صدري، أتشفى برؤية قاتله مجندلا على الأرض تدوسه الأقدام.

ذهبت إلى قاعة العرش وأمرت الحراس أن يَدَعُوني مع ملك الحيرة، أدخلوه البلاط كما ملك ملوك الأرض، عندما رآني استغرب ارتدائي ملابس الحرب!! في سخف قال:

- أشعر بخدعة

أبهجني خوفه، فسألته:

- هل أنت خائف يا "جذيمه"؟

صرخ غاضبًا وأوردته تكاد تخرج من وجهه المنتفخ:

- "جذيمه"، تنطقين اسمي مجردًا "زباء"، أنا ملك الحيرة الملك "جذيمه الأبرش" يا امرأة،

ضحكت ساخرة مستمتعة بهذا الحوار، حاولت تهدئته قائلة:

- لا تتوتر، فقدان أعصابك لن يفيد في شيء هو أمر قد قُدر

كنت أراه بعيني قلبي يهتز ويرتعب، ظهر توتره في صوته وهو يصرخ، "أوضحي غرضك، وإلا لا تلومي إلا حالك

إذا صح سوء ظني"، ما عدت مستمتعة تقدمت منه شاهرة سيفي صارخة فيه:

- بل لا تلوم إلا نفسك، جئت لتطلب موتك لا عرسك. مباغتتي ألجمته، فانتهزت فرصتي، غرزت سيفي في كل شبر فيه، تركته ينازع الموت مكومًا داخل طشت لتتصفي دمائه، صرخت في حرسي:

- يا حراس، ألقوا الجثة أمام القصر، أسقوا بالدماء زهوري، ليعلم الرعية أنني بررت بقسمي ونلت ثأري، أقيموا الأفراح سبع ليالٍ، مدوا الأسمطه والولائم فاليوم عيد، أطلقوا المنادين في الأسواق، أعيدوا مرافقي هذا النذل إلى "الحيرة" لتوصيل الخبر.

أيتها الجواري جهزوا حمامي فاليوم أنا عروس، أحضروا المستشارين، الحكماء، شيوخ العلم والأدب والشعراء، فلتحتفلوا وتعلنوا وسط الرعية أن عليهم مشاركة الملكة الاحتفال، جهزوا بطول المملكة وعرضها قاعات للمعازف والمطربين، فلتطيلوا السهر حتى الصباح، وزعوا الهدايا والعطايا على الجميع من أعظم شخص في المملكة حتى أحقر مشرد، أكرموا ضيافة أي غريب حتى يسجد داعيًا للملك "عمرو".

مرت الأيام وعدت للالتفات أكثر إلى شئون مملكتي بعد شهر من الاحتفالات، وأثناء تداول أمور المملكة أعلن عن وصول مستشار ملك الحيرة المقتول "قصير بن سعد"،

هذا الرجل ماكر مشهور عنه الخبث، سمعت أنه الوحيد الذي حث "جذيمه" على رفض عرضي لكنه لم يلتفت إلى رأيه وجاء لملاقاة مصيره، أستغرب مجيئه هل أرسله "عمرو بن عدي" بعدما استقر على كرسي العرش لينتقم لخاله ويأخذ بثأره؟!

أبقيت على المستشارين، وأمرت الحراس بالانتباه، أشهرت سيفي ثم أرجعته إلى غمده فلا يجب أن يلحظ توتري، ما أثار رعبنا، هيئته المزرية، مجدوع الأنف، مجلود، الدماء تغطيه، ينافس الموت الحياة لنيله، تقدم حتى وصل أسفل عرشي وهو يهمس..

أنا في حماكِ مولاتي فأجيريني..

سقط مغشيا عليه، أمرت بإحضار الأطباء وتطبيبه، كلما سألت عنه قالوا لا يدري بمن حوله، يهذي ويخرف حول قيام "عمرو بن عدي" بالانتقام منه لمقتل الملك جذيمة"، يصرخ مرددًا..

عفوك ورضاك مولاي، لم أشر على مولاي بالزواج من الملكة "زباء"..

عفوك ورضاك مولاي، لم أخدع الملك..

بريء من هذه الاتهامات، لم أخن مليكي..

أرجوك لا تعاقب عائلتي ولا تنفيني..

بقت حالته سيئة لثلاثة أيام، يفترسني الفضول، تأبى عيني النوم، وإذا نمت تتسابق الكوابيس على اجتياح عقلي، ما

جمعته من هيئة وهذيان "قصير" أن "عمرو" اتهمه بغش "جذيمه" وعاقبه على ذلك، أخيرًا جاءتني الوصيفة بخبر حسن، أفاق "قصير" وتحسنت حالته، ويطلب الإذن بلقائي، كنت سأذهب إليه مخدعه لفضولي، لكن لا يصح أن أتبسط لهذا الحد، أمرتها بإحضاره إلى البلاط، لا أطيق الانتظار.

دخل "قصير" بعدما استعاد بعض عافيته، أنفه المجدوع، بشع الخلقة، قصير القامة يرتدي ثياب لا تليق بهيئته الماكرة، يشبه القرد، عيناه مكسورة النظرات، يتحرك بذل، هل هذا المستشار الأكبر للملك؟ حقا الملوك كما الأيام لا أمان لهم كما قيل قديما.

لم أمنحه فرصة إظهار فروض الطاعة والولاء، صرخت فيه:

ـ هات ما عندك يا "قصير" لا وقت نضيعه في سماع ترهاتك؟

قص ما حدث معه وما لاقاه من أهوال، الملك "عمرو بن عدي" سمع لوشاية بعض أعدائه وصدق أنه قد سلمني مولاه، جدع أنفه وجلدة ألف جلدة لاتهامه بالخيانة العظمى وتركه على قيد الحياة ليكون عبرة، حبسه داخل دار حقيرة بعدما صادر كل أملاكه وشرد عائلته، أنذره بالقتل شر قتله إذا حاول الخروج، لذا هرب وجاءني محتميًا، هل علي تصديقه؟! عيناه مربكة، كلها خبث

ومكر، حاولت مراوغته بالأسئلة، هل تحتمي بمن عوقبت بسببها؟! كيف تعتقد أنني سأصدق هذه الأكاذيب؟!
أجاب بثقة نفذت إلى عقلي:
ـ سيدتي أعلم أنك قتلت "جذيمة" لأخذ ثأرك، لا يلومك أي شخص مهما كان، ثم أنني أثق في عدلك وإنصافكِ وأريد مساعدة مولاتي للانتقام ونيل ثأري لجدعه أنفي.
أمرته بالعودة إلى مخدعه، مرت الأيام كان فيها "قصير" يثبت ولاءه وحسن تصرفه ودهاءه، كل ما أشار علي به أفاد المملكة ودعم سلطاني، مرت الشهور وعادت إليه صحته، منحته الكثير من العطايا وقربته مني ليكون مستشار المملكة، أمرت نحاتي الخاص بعمل منخار ذهبي ثبته طبيبي مكانه.

يمكنني التعامل مع منخار ذهبي لكن لا أطيق رؤية وجه بلا منخار ليل نهار، خصصت له جناحا في قصري ليكون قريبا مني في أي وقت، والأهم لأحميه ممن يتربصون لقتله للتقرب من ملك الحيرة ونيل مكافأته المجزية، بعد أن أهدر دمه؛ قررت استغلاله كسلاح لضرب ذاك الملك المتغطرس، سأريه من هي الملكة "زباء".
جاءني يوما يطلب الخروج إلى الحيرة في السر لمقابلة أحد معارفه السابقين واستعادة ما منحه إياه لمشاركته في تجارة الأقمشة، ودعته طالبة منه الحفاظ على رأسه، عاد بعد أيام يحمل الكثير من الهدايا التي أبهرتني جمالها،

أخبرني أن صديقه وفّى بوعده معه وزاد من تجارته وأنه سيضطر للذهاب مرة ثانية لأخذ نصيبه فصديقه يخشى افتضاح الأمر فتطير رأسه عقاب تعامله مع "قصير"، في المرة الثانية جلب معه جواهر وديباج موشى بخيوط الذهب، وعطور متنوعة نالت استحساني، هذا الماكر يعرف كيف يرضي ذوق الأنثى الملكي.

قصصت عليه كابوسي المتكرر، وكيف ترقد جواري على الفراش حية تتسحب نحوي دون أن ألاحظها ثم تلتف حول عنقي لتخنقني، وبأن منجمي الخاص فسره بأن نهايتي ستكون على يد "عمرو بن عدي"، نصحني بعدم إنهاك نفسي بأمور المملكة، والخروج في رحلة أرفه فيها عن نفسي لأتخلص من هموم المملكة الملقاة على عاتقي، جاريته في الأمر كي لا يشعر بقلقي ولا خوفي من انتقام "عمرو"، أين هو مني على أية حال؟!، لاحظ شرودي فقدم نصيحة منحته على إثرها مئة جارية هدية، أخبرني أنه يمكننا إرسال أمهر رسامي المملكة سرًا إلى قصر "عمرو"، متخفين في صورة خدم، ليرسموه في مختلف الأوضاع، سيمكنني حينها التعرف عليه بسهولة إذا تملكته الوقاحة والجرأة يومًا للاقتراب مني؟

هدأت نفسي لهذا الاقتراح، فناقشت معه بعض الأمور المتعلقة بشئون المملكة، وبعد شهر عاد الرسامون ومعهم صور مختلفة تظهر ملامح "عمرو"، يستحقون المكافآت

التي منحتها إياهم، أستطيع الآن التعرف عليه مهما تنكر، الصور تظهره كما لو كان حيا يتنفس أمامي، بعد فترة طلب "قصير أن أسمح له بالتجارة داخل "تدمر" والذهاب للمرة الثالثة إلى مملكة "الحيرة" لإحضار الجمال المحملة بالبضائع، سمحت له وطلبت بعضا من الأقمشة الخاصة والعطور وليحضر على ذوقه ما يليق بمولاته.

دخلت الجواري على مخدعي هاشات باشات يخبرنني بعودة "قصير"، دخل ساحة القصر ومعه قافلة من الجمال تنوء بحملها، هدية هذه المرة ستكون عظيمة كما وعدني، أتمنى لو أحضر المزيد من الجواهر والملابس الغريبة والعطور والبخور، فهم ما أعشقهم أكثر، قبل أن أصل إلى البلاط جاءت جارية، تلهث، صدرها يعلو ويهبط بعنف، أنفاسها مضطربة، عندما رأتني صرخت:

ـ خيانة.. خيانة، مولاتي لقد خاننا "قصير"، الجمال محملة بأجولة تحوي رجالا من الحيرة..

بُهت ووقفت ثابتة في مكاني، إذن هذا تفسير كابوسي اللعين كان الأمر منذ البداية مكيدة من "عمرو بن عدي"، وقعت فيها بقدمي، سألجأ إلى المخرج السري، ثم أفكر في عقاب لهذا الخائن المسمى "قصير"، نادتني الجارية لأسرع، "هلمِ مولاتي، سيلحقون بنا"، لكنني عدت إلى مخدعي واستللت سيفي، حملت الجارية بعضا مما خف وزنه، ثم ذهبنا إلى مخرجي السري، منفذ هروبي الخاص،

أتلفت يمنة ويسارا لا أعلم من أين ستأتي ضربة النهاية، هل سيتحقق الكابوس وأموت على يد "عمرو".. رأيت شبح داخل دهليزي السري، ناديته:

ـ من أنتَ؟!

بكل سخف أجابني:

ـ تعلمين الإجابة "زباء" وإلا ضاع مجهود رساميك، عليك شكري لسماحي لهم الاقتراب بما يكفي، أخبرني "قصير" أنكِ تزينين مخدعكِ برسوماتي.

ارتعش جسدي لذكر اسم هذا الخائن بشع الخلقة، صرخت فيه بشراسة:

ـ "قصير" خدعني، استغل ثقتي وأبلغك عن مخرجي السري، سأقتله شر قتلة، كيف يبيعني لمن عذبه وشوهه؟.

ضحك حتى بدت نواجذه وسأل ساخرًا:

ـ هل كنتِ تظنين أنني ساذج حقًا وظننت به السوء؟!، حمقاء، هو من دبر المكيدة كاملة، وحتى العقاب الذي سمح بدخوله قصرك والاقتراب إلى هذا الحد القاتل، هو من أصر عليه، عليكِ الاعتراف بأنها خدعة محترفة على التاريخ تسجيلها، سأقتلكِ، هذه إجابة السؤال الصحيح ماذا تفعل هنا؟

صرخت بقوة:

ـ بيدي لا بيد "عمرو".

رأيت الحيرة في عينيه غير مدرك لما أقصد، تحولت إلى الغضب وهو يراني على الأرض أمامه أنازع الموت، خفف عني ألمي منظره المضطرب الحائر، لأبتسم في سخرية، سلبته نصره، جذب رأسي وسمعته يصرخ بصوت أجش؛ والظلام الدامس يلف محيط رؤيتي:

- أيتها الملعونة أتحملين خاتما مسموما، لن أدع السم يسبقني إليك، سأقتلع رقبتكِ قبل أن يسري في جسدك مفعوله، تذكري هاتين العينين وأبلغي سلامي إلى والدكِ الملعون.

أظلمت الدنيا، لأراني روحًا هائمة في ملكوت لا ينتهي.

ارتديت ملابس فضفاضة، ألقيت عباءتي السوداء الموشاة بالذهب على كتفي، زينت وجهي بدماء وطواط ذبحته للتو لتكون ساخنة جلبًا للفأل الحسن، استندت على عصاي الأبنوسية المشَكَّلة على هيئة إلهي الأعظم، قبلته داعية أن يمنحني بركاته ورضاه في معركتي القادمة.

أعشق الأجواء الروحية، تعيدني لأيام شبابي، جميلة جميلات الأمازيغ، ساحرة شمال أفريقيا الفاتنة، سجدت أمام الإله مطأطئة الرأس، مغمضة العينين، أدعوه بخشوع..

إلهي كن جواري سندا وقوة، أحتاج دعمك فلترسل شياطينك تقويني وتنصر جندي في معركتي القادمة، إلهي لا تخضعني للعرب ولا تخذل آمال قومي المعقودة عليّ.

أشعلت القناديل المئة داخل خيمتي، أججت نيران موقدي بمزيد من الملح والبخور، طحنت صخور المسك وأضفتها إلى النيران، رددت بعض الطلاسم والتعاويذ ترضية شيطاني ليزورني، جلست على أحد الوسائد المصنوعة من ريش النعام، كنت قد أخليت الخيمة من الخدم، وهيأتها

---

2 ملكة الأمازيغ ديهيا "أي الجميلة" بنت ماتيه بن تيفان والملقبة بالكاهنة، ولدت عام 680م، حكمت شمال أفريقيا.

لأمارس حالة السكون اللازمة لجلبه، فجأة هبت فكرة كما ريح عاصف اقتلعت هدوئي، قررت أن أمنح إلهي قربان شكر ليتكرم بعطفه ويقويني أكثر في مواجهة "تانيت".. وقفت ثانية وأنا أنادي على تلك الملعونة "شمرا"، جاءت تتخبط ساقاها في بعضهما، ينز العرق من بين خصلات شعرها الذهبية، يتراقص ثوبها رعبًا، لازالت تخاف من شياطيني رغم محاولتي تعليمها ما يحتويه عقلي من خدع، دعوتها لتقترب..

نزعت خصلتين من شعرها، أنفاسها تفوق صوت صهيل الخيل، أخرجت سكيني، ففزعت وابتعدت شاهقة تسابق دموعها بعضها البعض خوفًا، صرخت فيها:

ـ اصمتي، أقسم بالآلهة جميعا أن أنحر جيدك وأترككِ تنزفين حد الموت إن تصلبتِ ثانية؛ اقتربي يا ملعونة.

جذبت يدها ثم جرحت معصمها لتسقط بضعة قطرات من دمائها على النار، أبعدتها بغضب وهي تنتفض فزعًا، وشوشت نفسي مشجعة إياها؛ "جميل.. جميل"، وضعت المزيد من البخور داخل النار المتوهجة؛ صببت الرصاص السائل عليها، شعرتان بيض من شعري، ألقيت مزيدا من البخور والملح ليفرقع ويزيد توهج النيران، ازداد توهجها واحمرار ألسنتها، تراقصت أمامي، جرحت باطن يدي لتختلط دمائي باللهيب المتصاعد، عدت لترتيل العزائم، اكتملت خطوات تحضير شيطاني بوصول روحي إلى

السماء، لا وقت لمزيد من التعقيدات، ولا مجال لأية مفاجآت في ظل ضربات الطبول الصارخة بالخارج.
جلست على وسائدي، أغمضت عيني وأنا أحرك جسدي للأمام وللخلف كي أسمح لروحي بالانسجام مع عناصر الطبيعة، غصت داخل كلمات التعويذة، فترة قصيرة وبدأت أشعر بجسدي خفيفا كما ريشة تسبح بين نجوم السماء، أخيرًا وصلت..
جلست فوق إحدى الغيمات، ناديت:
أين أنت؟، "تانيت"
شعرت بأنفاسه خلف أذني وهو يتحدث بصوت فحيح حياته:
ـ خادمة كاهنة الأرباب الأمازيغية، لم تستدعني منذ فترة، ظننتكِ استغنيتِ عن خدماتي.
همست في دلال:
ـ وهل أستغنى عن عيني، ما الذي يخطط له العرب؟، فيمَ يفكر "حسان بن النعمان"؟.
ـ لماذا تريدين المعرفة لقد دحرتِ جيشه منذ خمس سنوات وهزمتيه هزيمة منكرة؟
ابتسمت لخبثه، يسأل رغم علمه ما يحدث، أجبته بهدوء:
ـ تهيأ لملاقاتي، ويستعد للهجوم علينا من جديد.

نظر إلى ما لا نهاية قبل أن يطلق نبوءته:

ـ النصر لك حتى يكمل القمر دورته خمس مرات، فالآن الجميع يهابك رومان وعرب، وهؤلاء العرب يذكرون إحسانك للأسرى وإعادتهم سالمين، وتبنيك لهذا الشاب "خالد بن يزيد"، أخبريني لِمَ تهوين فعل ذلك؟، في البداية ولد يوناني ثم روماني والآن عربي، هل تربين الحيات داخل جحرك؟

زممت شفتيّ قبل أن أجيبه:

ـ بل أربي من يعود إلى قومه ويبث الرعب منا، هم من سيثبتون أقدام الأمازيغ في بلادهم حينما يحين الأوان، خمس دورات فقط للقمر!!، ماذا سيحدث بعدها؟

ضحك وهو يجيب في خبث وثقة هزت أعماقي:

ـ بعدها سينقلب السحر على الساحر.

باغتني رده فصرخت فيه مهددة:

ـ هل تهددني "تانيت"؟، يمكنني الاستغناء عنك تعلم هذا.

ضحك في تهكم ببساطة وهو يسخر مني:

ـ أصبحت مغرورة "ديهيا" سأراقبكِ لأرى ما ستصلين إليه دون مساعدتي.

إجابة مهينة، من يظن نفسه، لكنني في حاجة إليه، بدأ في التلاشي فحاولت مهادنته ليعود:

- انتظر لا تنصرف لم أقصد إغضابك، يا للجحيم، العرب من حولي، والكوابيس تحاصرني، وأنت صديقي تغضب وتتركني وحيدة في خضم حاجتي إليك، لكم أشعر بالوحدة. عادت روحي إلى جسدي، لألقي به على مقعد قرب النيران أتابع لهيبها، حاولت قراءة ما توشوش به من أخبار، سرقتني الذكريات لأعود إلى اليوم الذي هزمت فيه جيش "حسان"، يوم دحرت وجودهم وتابعتهم حتى القيروان، اكتفيت يومها بالعودة إلى الأوراس، فيكفيني شرف النصر، استغرب قادة جيشي الأمر، وأرادوا تخريب المدينة فمنعتهم، لم يستوعبوا يومها أن سياسة التخريب ليست من شيمي، استعدت أرضي من الرومان والعرب والبيزنطيين ووحدت القبائل تحت سيطرتي بعد وفاة الملك "كُسيلة" بقوة سيفي وبذكائي ودهائي، كنت أضرب وجندي الأرض مزعزعة ممالك من مكانها..

الجميع يعتقد أن شياطيني تساعدني وتمدني بالقوة، لندع الشياطين تخبر جواري وعبيدي بنبوءاتها، ولنرى كيف سينتصرون؟!، يقللون من شأني، وينسون أنني من أصول أمازيغية شريفه دمائي نقيه سليلة فرسان شجعان..

رزقت الدهاء بالمولد، الحكمة والفطنة بخبرة السنين ومتابعة النجوم وأخبارها، لم يعلموا أنني لم أخرب أي

شبر عندما هزمت "حسن بن النعمان" لأنني أعلى من تقليد فعل الجبناء، سمحت لهم بالفرار إلى مصر وليبيا، لأنني اقتربت منهم إلى الدرجة التي سمحت لي بلمس تحضرهم وحبهم للإعمار مثلي، أدركت رغبتهم نشر دعواهم ورسالتهم المسماة "الإسلام"، صحيح لا أستوعب كيف يفتحون المدن بقوة السيف ثم يعلنون أنهم يريدون نشر الإسلام فقط؟، لكن لا هم أولا وأخيرا كالرومان، لا يهمهم غير كنوز وخيرات البلاد من ذهب وفضة ومعدن، يكفينا نحن الأمازيغ المزارع والمراعي، لذا بدلت سياستي وعدت أحرق ما أتركه خلفي وسأحرق كل ما يجعلنا مطمعا في أنظارهم، سأفعل أي شيء وكل شيء لإبعاد أنظارهم عنا ووأد رغباتهم في إخضاعنا. أووف..

لازالت كلمة الملعون "تانيت" تدوي في أذني يوم انتصرت..

ـ أيتها الكاهنة أبشري، "الحسان بن النعمان" أخبر خليفته الأموي "عبد الملك بن مروان" أنك سبب انتصار قبائل الأمازيغ، وإن أمم الأوراس ليس لها غاية، ولا يقف أحد منها على نهاية، كلما أُبيدت أمة خلفتها أمم، عليك الحذر الفترة المُقبلة فهناك نيران ستنطلق من داخل قصرك لتلتهم الجميع.

أثار جلبة داخل نفسي فطلبت منه الإفصاح أكثر، تركني كما فعل اليوم دون أن يوضح مقصده.

اللعنة على ذلك الشيطان الغضوب..

لم أبقَ لأكثر من مائة عام من عمري في خدمة شعب الأمازيغ وإعلاء رايته ليهددني العرب الآن ويحاولون طمس أثرنا، لم أنتقل من قمم جبال الأوراس الجزائرية إلى بلاد إفريقيا المختلفة لأهزم في النهاية مجموعة من الرعاع الهمج الساعين لنهب ما ليس لهم ليخربوه ويتركونه دمارا، هل أصدق ما أردده؟!

هل هم رعاع، همج دمويون حقًّا؟!

ما السحر الذي سينقلب على ساحره؟

هل ستخونني "تانيت"؟

لولا إنني لمست بنفسي كرم العرب وحسن تعاملهم وإنسانيتهم بعدما حاورتهم و"خالد" قبل إطلاق سراحهم في معركتي الأخيرة، لظننت أنه يشككني في ولاء "خالد"، كيف أشك فيه وهو يحاورني بعقل وثقافة واسعة مظهرًا سماحة دينه؟ هل ما يزينه في رأسي عن دينه مجرد خدعة؟!..

لكن كيف وكلما أسمعني بعضا مما أنزله ربهم على رسوله؛ لمست فيه البر والإحسان والصفاء..

كيف أشك فيمن أوكلت إليه تربية أولادي وتعليمهم دينه؟

كيف أشك فيمن طعم من الشعير والزيت المدهون به صدري مع باقي أولادي ليصيروا أخوه؟

مرت الأيام وافتضح أمر "خالد"، تأكدت الشكوك المثارة حول ولاء "خالد"، بعدما سرب الخائن خرائط التحصينات والمؤن، خطط الحرب، شعرت بالخزي لأني أعتبره ابني، لقد أبلغ قومه كل أخبارنا، كنت أربي لخمس سنوات ثعبانا ماكرا داخل طيات ملابسي، لم يكفهم هذا، أكملوا محاولة إخضاعي ومنعوا الماء عن الجيش، تغلبت على هذا بحفر بئر جديدة؛ أسماها جنودي بئر العاتر "الكاهنة".

فيمَ تفكرين "ديهيا" الأمر محسوم، عليكِ إرسال ولديكِ إلى "خالد" ليتبعاه ويعلنا إسلامهما، الغد للعرب وعليهما أن يحافظا على مجد جبل الأوراس، غدًا أرسل في طلب "خالد" وأطالبه بحفظ أمانتي وايصالها إلى "حسان"؛ ليمنحهما ملك "جراوة" من بعدي..

وعدت قومي يوم ملكوني بالقتال في سبيلهم وعلي الموت وفاءً لوعدي، لا يجب أن أخذلهم وأسلمهم لقمة سائغة؛ أعلم مصيري الشنيع، ستقطعون رأسي معلنين هي مجرد مشعوذة مجنونة.

قد تنشرون عني الأكاذيب..

لكن لا سبيل للهروب من مصير ثبتته الآلهة بخيوط فضية في النجوم، الوقت يمر ببطء, لهيب الشمس غطى الأرض، نشرت أشعتها لتنير الكون من حولي، علي التهيؤ

والاستعداد، فاليوم سأرسل أولادي لملاقاة مصيرهم وأودع العالم، أسقي بدمائي "تبسه" أرضي الحبيبة، فلقد اكتفيت من الحياة ومن المجد ولا سبيل للرضوخ.
انتهت

قوة المشتري""3""

يليق بي لقب ساحرة الشرق، سمراء، سوداء العينين، أسناني لؤلؤ مصفوف، صوتي يبهج قلب سامعي ويثير فيه الاحترام والتوقير، أثق بذاتي وبأنني أفوق كليوباترا جمالًا وفصاحة.

يومًا ستسود تدمر بحكمي العالم، سأكون إلاها يتحاكى عنها اليونانيين والرومان، تهيأت للملك منذ طفولتي، استفدت من ثقافة أسرتي الهيلينية، تعلمت الآرامية، واللاتينية والإغريقية والقبطية.

درست تاريخ الشرق والغرب خاصة الإغريق والرومان في مركز العلم مدينه الإسكندرية، تدبرت قصة حياة كليوباترا فسأكون وريثتها؛ أحقق المجد والسلطان بحذق ولن أسمح لأي من كان بإخضاعي أو إذلالي.

أذكر كيف سعيت حينها لتحقيق طموحي بالتعرف على شخص ثائر، ساع للسلطة مثلي، اتفقنا على هدف وحلم واحد، تاج إمبراطوري يزين رؤوسنا..

____

3 بات زباي، أوريليا زنوبيا، زينب، هي الملكة سبتيما زنوبيا كما أسماها الرومان، ويعني قوة المشتري، اعتنقت اليهودية في وقت ما من حياتها كما مالت إلى تعاليم بولس الشميشطي المسيحية.

"أذينه" محارب وفارس مغوار، قوي الشكيمة، نحضر اجتماعات مجلس الشيوخ سويا، نخرج في رحلات للصيد والقنص، ندعم بعضنا البعض، حينما توفت زوجته وعرض الزواج عليّ لم أمانع فهذه فرصتي.

عشنا حياة مليئة بالمغامرة، انتصارات وأهداف تتحقق ببذل الجهد والتدبير الجيد، لقب زوجي العزيز بـ "ملك الملوك"، "سيد الشرق الروماني"، حكمنا سويا "سورية" وسائر آسيا الرومانية.

الجميع يبجلني، أخرج على حصاني مرتدية عمامة وتاج يزين رأسي، ثوبي الأرجواني المرصع بالجواهر والأحجار الكريمة كما قياصرة روما، يثير غيرة سائر النساء، حافظت على رعاية شئون إمبراطوريتي فأحبني جميع أفراد الشعب، بنفسي أراقب تنفيذ ما آمر به من مشروعات وإصلاحات في سائر مدن تدمر؛ فوثق الجميع في قدراتي وخشوني في نفس الوقت.

كل شيء يسير على خير ما يرام، حتى امتدت يد الغدر واستولت على روح مليكي وإمبراطور حياتي بعد وليمة مع قادة جيشه وجنده في الطريق إلى مدينه "كيدوكيا" أثناء قتاله للقوط، ذلك الخبيث قليل الأخلاق والأدب "موينيوس" الملقب بـ "معنى" ابن أخ فقيدي الغالي، دبر المؤامرة الخسيسة لإزهاق روحه.

وبكل بجاحة نصب نفسه ملك تدمر وهو يعلن الخبر المشئوم، باركته روما وعينته في "مجلس الشيوخ".. وضحت الرؤية باع دماء الملك مقابل كرسي العرش، صغيرة كنت وولدي "وهب اللات" قاصر، طالبت بحقي في العرش لأكون الوصية والملكة نيابة عن ولدي، أمرت بإعدام الخائن والاستيلاء على جميع ممتلكاته لصالح خزينة المملكة.

يا إلوهيم، لقد صرت ملكة الملكات، أقابل الوفود في الديوان الملكي يزين رأسي العمامة الكسروية والأزياء الرومانية، كنت أزرع هيبتي وأفرض احترامي بقوة شخصيتي، لم أنسَ تدمر لذا سعيت إلى ازدهار وإعمار المملكة..

وطدت حكمي على تدمر والبادية، أقمت الثغور على ضفتي نهر الفرات العظيم، بنيت المسارح وقاعات الألعاب، ربيت صغاري على أن يكونوا ملوكا أبا عن جد، أحضرت معلمين من مختلف الأنحاء لتعليمهم لغة روما وآدابها وتاريخها رغم بغضي لسيطرتهم على بلادي، نميت فيهم صفات الفروسية والشجاعة، وحب المغامرة والسعي بقوة لتحقيق طموحاتهم.

لم أنسَ يومًا حلمي و"أذينه" بتحول تدمر إلى إمبراطورية تضاهي إمبراطورية روما، جميع الأباطرة وصلوا للحكم بقوة نفوذهم السياسي والعسكري، صعدوا

من قلب اللاشيء ليصيروا كل شيء، لذا جهزت الجيش بكل ما يحتاجه، وتجهزت لغزو العالم..

لم ألقب بـ "الملكة المحاربة" من فراغ، كنت أتحرك بين الجنود مرتدية خوذة "أبوللو" على ظهر حصاني العربي الأصيل، ألهب حماسهم وأقوي عزيمتهم وشكيمتهم، كنت أخرج من معركة إلى أخرى منتصرة، حتى تمت لي السيادة على آسيا الصغرى..

وصلت بيزنطة لأقتل القائد هيراكليون، وفتحت الإسكندرية منبت العلم والعلماء لأحكم مصر، أسميت مملكة تدمر "الإمبراطورية الشرقية"، ملكت أقوى الممالك, ضَعف الإمبراطورية الرومانية وانشغالها بأعدائها أتاح أمامي العديد من الفرص.

لازلت أذكر وجه الإمبراطور "أورليانوس" عندما اضطر للتفاوض معي لتأمين حدود إمبراطوريته المهددة، حاول إغرائي بوقف زحف جيش تدمر مقابل الاعتراف بألقاب ولدي "وهب اللات" وامتيازاته وصلاحياته الملكية، حينها كان ردي زيادة حملاتي التوسعية.

خليفته الإمبراطور "أورليان" أيضًا حاول مهادنتي وإظهار اللين معتقدًا سذاجتي، اعترف في البدء بنفوذي على مدينة الإسكندرية، لقد استشاط غضبا عندما صككت النقود في "أنطاكية" و"الإسكندرية" وعليها صورة

"وهب اللات" وصورة الإمبراطور السابق "أورليانوس" وطالبت بالاستقلال عن روما.

صحيح بدأت الأمور بعدها في التدهور..

كان للأمر مذاق خاص، يكفيني أنه ولضعفه أظهر عداءه بالتدريج، كما حية تترقب حتى تحين لحظة انقضاضها على فريستها، وصل الزحف والاستيلاء على مدن آسيا، واستولى على الإسكندرية خلال عام واحد مستغلًا قتل "وهب اللات".

وقتها كان يتملكني الحزن ويسرق أفكاري، يتركني مهلهلة الإرادة، لكنني لم أسمح لنفسي بالسقوط، ولا له بقيادتي، لن أسمح لـ "أورليانوس" باستغلال لحظات ضعفي وانهزامي بموت ولدي، زدت تجهيز الجيوش لتوقف جيشه قبل أن يصل تدمر.

كان النصر حليفه لسوء حظي، تحالفت الظروف والأقدار مع غريمي..

استولى قائد جيوشه "بروبوس" على جنوب المملكة في أفريقيا، كنت كمن بلغت الستين لا أقوى على فعل شيء، حتى أنني خسرت معركة "أنطاكية"..

اضطررت للانسحاب إلى تدمر، فاستغل "أورليانوس" الفرصة وانتهز حالة الضعف التي تكتنف الجيش وقادته، حاصرني داخل تدمر.

الرب كان معي فما حمى المملكة من الانهيار، تجهيزي الأسوار المنيعة وتعبئة كل برج على السور بثلاثة من آلة قذف الحجارة "النار الإغريقية" كنا بغمر الحجارة بالنفط ثم نشعلها "المنجنيق"، وعدت الجند بمزايا وهبات عظيمة حال نصرنا، علينا طرد الغزاة عن أرضنا، لن نكون عبيدا وسبايا لهؤلاء الرومان.

ويا لأسفي، يومًا بعد يوم كان موقفنا يضعف أكثر، أرسل "أورليانوس" معاهدة سلام تضمن خروجي سالمة والحفاظ على تدمر من التدمير والسلب والنهب، رفضتها وبدأت في تحصين المدينة أكثر وجهزت لخطة عكسية تساعدني على الالتفاف حول جيشه والقضاء عليه.

حان موعد المعركة الفاصلة، حرب في معركة حياة أو موت، كان يوما خانقا للأنفاس، عواصف وزوابع حارة، ملابس القتال تقيدني، كنت أشعر بالموت ينتظر لحظة طعن قلوب جندي، حشرجة أنفاسي داخل صدري تضايقني..

يومها كان حصاني الأصيل يقف بثبات رغم اضطراب فارسته، كان العناد أفيونتي لاحتمال كل هذه المصائب المتتالية، استلهمت الشجاعة والصبر والقوة من أرواح أسلافي..

قررت حينها بأنني لن أهزم كما كليوباترا لأكون غنيمة حرب ويقتلني القيصر ثم يدعي انتحاري، نفذت المؤن ولن

تحتمل المدينة حصار آخر ليوم إضافي، اليوم هو يوم تطلب فيه المساعدة ممن لن يعترض.

كان الليل يفرش أستارة يخفي خلف عتمته دقات قلب يوشك على التوقف، تنازعني الأفكار وتفترسني احتمالات كثيرة بالهزيمة، وصلت سالمة حتى نهر الفرات، كنت أتلفت حولي كل دقيقة لأتأكد من عدم وجود من يراقب، لكن فجأة..

انقشعت غيوم الليل عن سرية من جيش "أورليانوس" جابهتهم، حاربت بقوة، لن أقع في فخهم، صرعت الكثير لكن الكثرة تغلب الشجاعة، استطاعوا أسري، يا لفرحة قلبك "أورليانوس"، شمت في وفي تدمر كنت أعلم أنك ستخرب مملكتي أمام عيني، فكرت حينها؛ على الهرب بأية طريقة، عندما وصلت خيمته كانت مشاعر الفشل تقتلني، لكن كبريائي منعني من إظهار ذلك، لن أسمح له باشتمام رائحة ضعفي، لن أدع له الفرصة لاستغلال سقوطي بين يديه أسيرة..

كان عليه أن يدرك مع من يتعامل، خططت لأن يرى المرأة التدمرية، سرت بين الجند بثقة وشموخ، حتى أدخلوني إلى خيمته.

أذكر كيف حاول التصرف كملك، مرحبًا بكلماته:

ـ تشرفت بلقاء ملكة الملكات، من سخر مني شعب روما بسببها، ليتهم كانوا يدركون أنني أحارب شخصية قوية

وامرأة رمز للبسالة والنضال، رغم كرهي لتمردك إلا أن علي الاعتراف بقوتك وتميزك مولاتي.
نظرت في عينيه في شموخ وتحدي وأجبته بثقة:
ـ أنا الإمبراطورة زنوبيا ملكة تدمر وإمبراطورية الشرق الرومانية يسرني أن تعترف بقوتي لكنك تريدنا تابعين لكم، ترانا مجرد يد تبطش بها، تغتالون الأمل في الاستقلال عن إمبراطوريتكم لتجريدنا من كنوزنا وثرواتنا، لن أرضخ ولن أقبل بأيه شروط غير منصفة لعرشي.
يا للسخرية، غضب صارخًا:
ـ لا توجد شروط أنتِ بين يدي أسيرة "أوريليا" أم أناديك "بان زباي" أم تفضلين ذلك الاسم العربي "زنوبيا"؟! أحضرتك لأبلغكِ تحويلك إلى محاكمة داخل مدية "حمص" خلال يومين.
زمجرت في وجه مكشرة عن أنيابي ليدرك مع من يتحدث:
ـ هل ستحاكمني على رغبتي إلقاء نير عبوديتك والتخلص من بطشكم وقهركم الجاثم على صدورنا؟
انتفش كطاووس وهو يتلو الاتهامات، محاولة التمرد على الإمبراطور وسلطة روما، وإثارة الفتنه والتسبب في قتل خيرة شباب روما، نادى الحراس لأخذي إلى خيمة خاصة، وأكرم ضيافتي فأنا أولًا وأخيرًا ملكة تدمر.
يومها توعدته بألا يهنأ بهذه اللحظة كثيرًا، كنت أنوي الهرب والانتقام منه، أجريت المحاكمة بعد ثلاثة أيام،

حكموا بإعدام عدد من كبار قادة المملكة ومستشاريها، أما أنا..

أما أنا فقد اكتفوا بنفيي إلى روما، وكأنهم يعلمون ما في سريرتي وبأن هذا قمة الإذلال والانكسار من وجهة نظري، سيأخذونني غصبًا لأعيش في كنف من حاربتهم وأبغض سيطرتهم..

اقتدت كما العبيد، رغم أن أصفادي ذهبية إلى إحدى ضواحي روما "تيفولي"، جعلهم "أورليانوس" يعدون هذا المنزل البسيط في "تيبور" ما كسرني، وأضاع كبريائي رغم ادعائي الصمود، تسخيفه من آرائي ومعتقداتي ونضالي، أجهز عليّ بتزويجه بناتي من رجاله المقربين، حمدت الرب على أنهم من أشراف روما على الأقل ولم يلق بهم لأراذل شعبه يلهون بهن..

يا إلوهيم، لَمَ تركتني وحيدة؟

أين ملكي وهيلماني؟

أين شيوخي، ومستشاريّ في تدبير أمور القصر..

أتسكن الملكة زنوبيا هذا المنزل الخرب؟

أين بنات الأشراف ممن كانوا يحفون من حولي كما الفراشات؟

أين جواريّ المنتشرات كلما تحركت أتعثر بهن؟

أين فرسي وجنودي؟

أين أموالي وجواهري وثيابي الفاخرة؟

هل غضبت لأنني أزاحمك الإلوهية على الأرض؟
أين ذهب عزي وثرائي ونعيمي ومتاعي؟
- "أوه فيليب" أفزعتني.

****

أخرجني من شرودي صوت "فيليب" الخادم هو يلقي السلام، عسكري روماني، معجب بالمرأة التي هزت عرش الإمبراطورية، يأتي كل فترة ليطالبني بتناول طعامي، أعتقد أنه يخشى على أسيرته الموت في فترة خدمته..
ولد قصير بعيون زرقاء صافية لكنه خفيف الظل، يضحكني وهو يحاول إقناعي بتناول لقيمات تقيم عودي، يتصنع الجدية والصرامة وهو يعترض على هيئتي.
منذ أن سمحت له بالاقتراب والجلوس برفقتي، وهو يعاملني كأنه صديق مقرب، ينصحني:
- استمتعي بحياتك سيدتي لازلت صغيرة ولازالت هناك فرصة لاقتناص السعادة.
لم أسمح له هذه المرة بالاسترسال، لكن قررت أن أجعله يحضر لي وسيلة خلاصي من هذا الآسر..
كان ينوي الخروج فناديته ليعود جواري:
- "فيليب" أريد منك طلب صغير لكنه مهم جدًا، هل تنفذه لي؟
كنت أعلم أنه سيوافق، لا يستطيع رد أي طلب لي، لم يخيّب ظني أظهر فروض الطاعة والولاء فكل ما أطلبه

مجاب دون نقاش، لكن بشرط ألا أطلب ما يغضب إمبراطوره، ابتسمت وأنا أتخيل وجه الإمبراطور العظيم عندما يصله الخبر، سيغضب ويثور لأنني تمردت على حكمه، واستطعت الخلاص من قيده، ثم يرتاح للخلاص مني، تنفست في هدوء قبل أن أخبره بمرادي في صرامة:
ـ "فيليب" أحضر زجاجة كبيرة من زيت القرنفل ولا تخبر أي إنسان مهما كان.
بوغت بطلبي وسألني في وجل:
ـ لماذا مولاتي؟..
امتعضت مظهرة استيائي من فضوله؛ لكن لم أرغب في إثارة فضوله فقد ينقلب علي ويفشل مخططي..
فأجبته في هدوء وبصوت رقيق فيه عمق أنثوي:
ـ سأصنع عطرا خاصا مشتهرة به تدمر منذ الأزل، اذهب "فيليب" ولا تعد إلي من غيرها.

****

احضر "فيليب" المطلوب وسألني عن زوجي الحبيب
ـ أيها العفريت، أحضر مشروب ساخن واستعد لليلة طويلة.
انحنى كما النبلاء قبل أن يؤدي التحية العسكرية قائلًا:
ـ في لمح البصر، أمرك مطاع مولاتي فاتنة الشرق.

جرى يجهز شراب أعشاب برية تهدئ الأعصاب، تناولت قدحي، ارتشفت القليل قبل أن أبدأ السرد في سعادة عن أحب شخص إلى قلبي:

ـ أتعلم "فيلب"، كان "أُذَيْنَه" زوجي الحبيب، فارس عصره، شريك مغامرة إقامة إمبراطورية تدمر قوية، بعده تكالب الجميع للاستيلاء على كرسي العرش وسلبي ملكي، أرادوا وضع أيديهم الملعونة والملطخة بالدماء على كنوز مملكتي، اشتهاها إمبراطورك الروماني لثرواتها، فتآمر مع الخونة لاغتياله في أُوج مجدة، أرادوا السيطرة على تدمر ملكة البادية، تلك العروس التي تزين جبين الصحراء، زهرة الياسمين وسط أشواك الصبار، حلقة الوصل التجارية بين الشام والعراق عبر العصور، وبين البحر المتوسط وبلاد فارس والخليج العربي.

مرت سنوات طوال وأنا أحارب لأحقق حلمي وحلم حبيبي، كنت لازلت صغيرة عندما انطلق فارسي النبيل "أُذَيْنَه" من البادية ليبارز بعقل ورزانة مفرطة إمبراطوريتك، في محاولة لإقامة دعائم إمبراطورية تدمر.

ثعلبي الماكر، الحذق، علمته البادية الحنكة والصبر، امتاز بشدة الفطنة والذكاء، مقاتل صنديد، يفخر بالقتال إلى جواره أعتى الفرسان، معتاد على شظف عيش وحياة الصحراء ومتاعبها، مع قبيلته بني "السميدع" رغم ثرائها، فهي صاحبة أقوى نفوذ على باقي عشائر البادية،

ورث عن والده شيخ القبيلة طموحا واسعا، وعندما شب عن الطوق واشتد عوده؛ سعى لنيل عرش إمبراطورية تخصه وحده، مع الحفاظ على ثقة الرومان فيه.
قاطعني في غباء متسائلًا:
- هل قتل أخوه رئيس مجلس الشيوخ حينها ليستولى على الحكم بعدما أزاح ابن أخيه "معنى"؟
شعرت بالنيران تأكل قلبي لهذا الاتهام المجحف، أغمضت عيني لأتماسك لا أصرخ غضبى في وجهه، تصنعت الهدوء وأنا أجيبه:
- بل قل لعب القدر لعبته وأهديته فرصة تحقيق الحلم بموت أخيه على حين غرة، الظروف حينها كانت مواتية والحياة أهدته خيط البداية على طبق من ذهب، جل ما فعله أن وثب على سدة الحكم وأزاح "معنى"، ساعدته إمبراطوريتك بتعينه خلفًا لأخيه رئيسًا لمجلس الشيوخ..
بهذا أعلن عن بدء فصل جديد في حضارة تدمر، بذكائه وحنكته وحدة وسع نفوذ المملكة على منطقة الأناضول حتى حدود شمال أفريقيا، وبسط سلطته الشخصية كملك، عبأ الصفوف لتحرير تدمر من تبعيتها لكم.
قاطعني ثانية ليريني أنه غير جاهل بزوجي:
- كان من الخبث أن أظهر الولاء علنًا والتمرد خفية.

- "فيليب" لقد هفت نفسه لحرية كاملة دون قيد أو شرط، لإقامة مملكة مستقلة تنافس الرومان وعلى قدم المساواة أمامها، ألا تحب ذلك لمملكتك؟.

حرك رأسه كما طفل مطيع فعدت لسرد قصة زوجي:

- حدثت كل هذه الأمور قبل مقابلتي له، تعود على التنقل بين البادية والمدينة، لم يستطع التخلص من حاجته للبادية ورجالها، ولا التخلي عن المدينة التي يستظل فيها بمجالسة القادة والشيوخ بما يسمح له بالتعلم وأحيانًا التدخل في شئون الحكم والحرب..

تنهدت مسترجعة شريط تلك الفترة في مخيلتي لأراه شابا وسيما يخطب ودّي:

- من خلال هذه الاجتماعات، عرفته، أخبرني من يراني أنا "زنوبيا" ابنة القائد "زباي" رئيس وقائد فرسان تدمر، ويستطيع مقاومتي؟

- أخبرني أني من جذبته للمدينة، كان يسمعني دوما، "أنتِ ذات جمال باهر، جذابة الروح، فارسة عتيدة، مثقفة مطّلعة على الثقافة الرومانية، ثائرة وطموحة، شيقة الحديث تأسرين كل من تبادلينه الحديث برزانة أفكارك ورجاحة عقلك وقوتك رغم حزمك مع الجميع"، أوه "فيليب" ملك عقلي بحديثه هذا.

لكنه لم ينشغل بي عن حلمه ولأدعمه لإمبراطوريتك، فلقد كانت جيوشه خير معين لها في حروبها، مع حفاظه على

تعمير تدمر، انتشرت في عهده أقنية الري بين الأراضي، أقام السدود لحجز المياه وتجميعها وتنظيم توزيعها، حفر أبار مياه الشرب والري وشيد الخزانات والأحواض ليؤمن احتياجات المملكة، زادت شهرة تدمر في زراعه النخيل وصناعة الفخار بفضله، استطاع إثارة إعجابي به كل يوم أكثر، فنشاطه متنوع في كل المجالات يعمر مدينته ويحارب جوار الرومان ويسعى لتثبيت أساسات ودعائم إمبراطورية تدمر.

لو ذهبت هناك وتجولت بين دروبها لرأيت بأم عينك بعضا من إنجازاته الباقية، كان يثير فخري كوني أحد الثقات لديه.

انطلق ''فيليب'' مكملا فجأة:

- سمعت أن المباني في كل تدمر نحت عليها أعمدة وتيجان شبيهة بمعمارنا الروماني، والمنشآت بناها بالحجر الكلس الموجود في جبالكم، الأساسات بناها من مداميك الحجر الصلب لتظل محافظة على هيئتها لأجيال، أما الحوائط فمن طوب الآجر أو اللبن، السقوف المرفوعة بجذوع الشجر تطلونها بالكلس لتصمد وتتحمل جو الصحراء لديكم، كما تُزين حواف الجدران العليا بنقوش وزخارف من الجبس، وتتوسط الباحات فسيفساء يبرع كل نحات في إبراز موهبته فيها لينال رضا الملك.

ـ نعم "فيليب" استطاع "أذينه" استعادة مجد بلادنا القديم، ناطح إمبراطور روما رأسًا برأس ليستقل بالحكم وبالسيادة على تدمر؛ مما أجج مشاعر البغضاء والحقد ممن حوله من أمراء لتحاك حوله المؤامرات.

في خضم حربه هذه توفيت زوجته الأولى وهي تلد ابنه الأكبر "خيران" "هيردوس"، حينها عرض علي الزواج، وافقت وقررت أن أصبح سندا يستند عليه، وأن أكون على قدر ثقته فأدعمه بكل ما أوتيت من ذكاء وقوة على تحقيق أحلامه، سارت الأمور على نحو رتيب حتى وقع إمبراطوركم في الأسر، أشرت عليه باستغلال الفرصة بمساعدة الرجال في البادية وشن الحرب ضد ملك الفرس "سابور" واحتلال بلاده.

تركني على سدة الحكم مع نائبة "سبتيموس ورود"، أثناء خروجه لشن هجماته، انتصر في ثلاث جولات ورد ملك الفرس إلى ما وراء نهر الفرات، أصبح حاكم ولاية سورية الفينيقية، بات بيدنا السلطة المدنية والعسكرية، صار إمبراطورا في حياة عين الإمبراطور الروماني، لذا بعد أن تحرر إمبراطوركم منحه كمكافئة لقب "محرر ومصلح الشرق كله"، لتتأسس الملكية في تدمر دون مقاومة من روما.

ابتسم الجندي الصغير وهو يعلق:

- رجل عبقري ليتني أملك ذكاءه، أعتذر عن المقاطعة مولاتي، أكملي من فضلك.

تنفست في بطء قبل أن أكمل في لامبالاة:

- واصل حربه وانتصاراته على الفرس، استولى على عاصمتهم "طيسفون"[4]، ليصير "ملك ملوك الشرق"، كل هذه الفتوح وطدت حكم مملكتكم في الشرق، فلم يجد الإمبراطور "غاليانوس" حرج أو غضاضة في الاحتفال بهذه الانتصارات المتتالية، متفاخرًا بالغنائم المرسلة إليه والأسرى خاصة السبايا، فمنحه لقب إمبراطور، ورتبة القائد العام للجيوش الرومانية في سورية، كان يخبر الجميع أنه لولا ملك تدمر الذي تحمل مسئولية الإمبراطورية وتولى سلطات الإمبراطور أثناء أسره لضاعت هيبة دولة الرومان إلى الأبد، بفضله لازالت الإمبراطورية قائمة وقوية لذا حفاوة به سك نقودًا تحمل صورة "أُذَيْنَه" وخلفه أسرى فرس.

إمبراطور حياتي لم يهتم بكل هذا، فهدفه أكبر تصرف كما يليق بإمبراطور وواصل زحفه ليقوم بحملات سريعة كانت كلها موفقة، تحوطها بركات الآلهة، انطلق كما فرس بري حتى عبر نهر الفرات وفك حصار مدينه "إدسا"، استعاد مدن "نصيبين وكارهاي"[5] ووصل حتى حدود دولة

---

[4] المدائن
[5] حران حاليا

الفرس ليحاصر عاصمتها مرتين ثم قرر أخذ فترة هدنة وأن يعود إلى مملكته تدمر.

حينها ما كان يقلقنا أحيانًا هي الوشايات التي تصل إلى مسامع إمبراطور روما بأن ''أُذَيْنَه'' يسعى لإزاحته عن عرشه، لقد اشتهر ملكي بأنه أقوى متمرد وثائر على الرومان، لكن ما كان يخرس الجميع حتى الإمبراطور شخصيًا هو انتصارات ''أُذَيْنَه'' وقوته وجيشه الكبير، حتى أعلنت إمبراطوريتك أنه شريك في الحكم على منطقة الشرق الواسعة، حينها احتفل ملكنا ''رأس تدمر المعظم'' بانتصاراته وبقرب تحقيق حلمه الكبير في حكم مملكة تدمر مستقلة قوية تنافس إمبراطورية روما، لقد أصبح أخيرًا ندا ينافس ندا، احتفل وشارك ابننا الكبير حيران ''هيردوس'' لقبه الخاص ''ملك الملوك'' ليكون ظل وظهر يحمينا في تحقيق طموحنا اللامتناهي في توسيع رقعة سيطرة مملكة تدمر.

أقنعته بالاستيلاء على كل أنحاء سورية، قوّى جيشنا ودعمه ومده بكل ما يحتاجه من مال وعتاد وذخيرة بالإضافة إلى الرجال تحت قيادة ابن أخيه ''معنى''، وبدأ في إنشاء مجلس سيناتورات تدمري، تحول إلى شوكة تؤرق نوم إمبراطوريتك، خاصة بعد أن أخرج من جيشه فرق الجنود الرومان، ليثير فزع إمبراطورك فزادت حدة اشتعال الضغائن، ارتفعت ألسنة اللهب من بين الرماد،

أثار الرومان فتكالبوا عليه وبدأت الخيانة الكبرى، تلك المرحلة التي يبحث فيها عن شخص كما الفأر، يتميز بالجشع والطمع بدرجة كافية تتيح استغلاله..
تنهد حارسي في آسي وهو يضيف:
- عيب السياسة، اللعب بقذارة، ليتكم تتحاربون بشرف.
- "أَذَيْنَه" المبجل ملكي المعظم، أُغتِيل على يد مجموعة خونة من رجاله، أثناء عودته من أحد حروبنا المتتالية على مدن ما بين اللاذقية إلى حمص، وفي الطريق إلى مدينه "كيدوكيا" لقتال القوط هُوجمت الوليمة التي أعدها لجنده، قُتل غدرًا مع ابننا الأكبر "حيران" وحرسهما الشخصين، تم القبض في الحال على هؤلاء السفلة الملاعين، أرسلت عيوني وسعيت خلف الحقيقة؛ وحينها تأكدت من الشائعات التي طالت إمبراطور روما بالتدبير لهذه الجريمة النكراء، لقد دعم بسهولة حكم "معنى" وعين ابني رئيسًا لمجلس الشيوخ، مع تأكيده على أن من فعل هذه الجريمة سينال عقابه على وجه السرعة.
المتهم "روفينوس" شخصية غير معروفة، مجهول، يعاني النقرس لا يستطيع الحركة بسهولة، وبكل صلف اتهم ابني "وهب اللات" والذي من فرط حبه لوالده سمى نفسه "أَذَيْنَه الثاني" بأنه هو من تأمر معه على القتل، أرسلت إلى الإمبراطور أن هذه مهزلة غير مقبولة، فأعاد التحقيق معه، أنكر ما قال سابقًا وعاد يخرف بأن ملكنا

المقبُور يستحق القتل لمعاداته الإمبراطورية الرومانية ومحاولته الاستقلال عنها وتقويض دعائمها، ولولا عدم سماح صحته لقتل ابني الأصغر أيضًا..

اكتملت المهزلة بنصحه الإمبراطور "غاليانوس" بإرسال من يحضر رأس "وهب اللات" دون أن تتسخ يداه، اعتقد أن هذه النصيحة نالت استحسان وإعجاب الإمبراطور ليتخلص منا.

ـ كيف تصرفتِ في هذه الكارثة؟!

ـ آثار حنقي ثرثرته المخبولة تلك، تمنيت لو مزقته نسائر بأسناني، يتجرأ على سادته ويتركه الإمبراطور يتنفس، قررتُ مُعاقبة الجميع على هذه المهزلة، سعيت خلف الحقيقة، تأكدت شكوكي والشبهات الحائمة حول "معنى" بأنه هو من دبر المؤامرة، ونصب الفخ، لتحقيق مجده الشخصي، ذلك البذيء سيء الخلق والأخلاق.

أخبرت ولدي "وهب اللات" فسعى إلى الانتقام لروح والده الطاهرة، رغم صغر سنه إلا أنه ذو شخصية مميزة، إرادته قوية، يملك من الصلابة والثبات ما يجعله يمر بأسوأ وأحلك المواقف الجسام، دعم موقفه انتماؤه لقبيلة قوية وذات نفوذ وأموال وثروة ساعدته على تجميع القبائل حوله، لكن القدر كان له كلمة أخرى، تآمر على القاتل "معنى" أصدقاء الأمس من أنصاره وتألبوا عليه، حاصروه ثم قتلوه، لم يمر عليه سوى أشهر قليلة وقتل،

انتقمت السماء منه فمن قتل يقتل ولو بعد حين، وحينه كان قريبًا جدًا، لم أحزن عليه فلقد كنت قد أصدرت قرار بإعدامه لكنه فر، شككت للحظات أنه بريء، لكن فراره أثبت جرمه عليه، أخيرا نلت ثأري ممن أشاع أنني أنا الزوجة المحبة الثكلى، الملكة "زنوبيا" بقوتها وهيبتها الطاغية ولأني الوصية الشرعية على العرش؛ مَنْ تآمرت على زوجي وأهدرت دمه، بعدها تفرغ "وهب اللات" لاستعادة سيطرته على عرش والده المنهوب.

أشار بسبابة كفه اليمني، والتردد باد على وجهه يريد مقاطعتي، زالت تكشيرة وجهي وذهب غضبي منه، فابتسمت لأنه أخيرا تعلم الاستئذان، نظرت نحوه دون رد فعل آخر ثم حركت رأسي موافقة، لينطلق كمن كان مقيدا لشهور داخل بئر عميق:

ـ كيف صرتِ الملكة إذا كان ولدك هو الملك؟

ضحكت لسؤاله السخيف فهو يثبت أنه لم يكن يركز في حديثي بالقدر الكافي، لم أشأ إطالة الوقت بعدما انتابني الملل منه فأجبته ببساطة:

ـ لأنه كان قاصرًا تم توليت أنا جميلة جميلات العرب ملك تدمر، لم أفرح بالأمر طويلا، أفجعتني الحياة ثانية واغتيل ولي العهد بعد والده بعام، حاولت قبر حزني في قلبي لأثبت جدارتي بالحكم، حاولت تعمير تدمر لتعيش أزهى سنواتنا، لكنكم لم تتركوني لشأني ولمملكتي.

كنت كلما خطوت خطوة للأمام لمعت تدمر في عيون أعدائها أكثر، فيزيد جشع الطامعين في اقتناص فرصة القفز على كرسي العرش وإزاحتي عنه، حينها بدأت حربي معكم أنا أوريليا زنوبيا زباي، ملكة تدمر.

انتهت

عبر عن رأيك في هذا العدد، ما هي مواطن القوة ومواطن الضعف التي تراها في هذا العدد؟

اذكر اسم أكثر شخصية لم تعجبك في هذا العدد ولماذا؟ وما هي تصوراتك للأحداث التي ستتعرض لها هذه الشخصية في العدد القادم؟

اقترح موضوعات تحب أن تقرأها في الأعداد القادمة لسلسلة عابر للخيال

قم بمسح هذا الكود لتراسلنا بهذه الصفحة بعد تصويرها من خلال واتس آب الدار